SOUVENIR

du

30 AOUT

1838

SOUVENIR

DU

30 AOUT 1838

DÈDIÉ A S. A. SÉR.

A. D. GHIKA

PRINCE REGNANT DE VALACHIE.

PAR

H. BUVELOT ET G. STORHAS.

BUCURESTI.
În Tipografia lui Eliad 1838.

LA

ROMANIE

POEME.

UN MOT DE PREFACE.

La France voit avec un juste orgueil se resserrer les liens qui l'unissent à l'Europe civilisée, par l'accueil cordial et flatteur qu'y reçoit sa langue généralement répandue dans les classes nobiliaires qui composent la belle société.

Mais aussi, semblable à l'abeille qui cherche

parmi les fleurs les plus odorantes, le suc créateur de son miel, elle a puisé parmi les langues les plus harmonieuses l'élégance de ses expressions.

Que de pages de feu sortent journellement des plumes de nos écrivains modernes! Être obscur et ignoré, n'ayant que le ciel pour abri, que la pierre du chemin pour reposer ma tête, je ne prétends pas marcher sur leurs traces. . . . J'ai seulement voulu jeter quelques fleurs sur les riches côteaux de la Romanie et saluer de mes faibles chants une contrée si féconde en grands souvenirs!

Conquête des Romains elle fut heureuse sous les grandes légions; aujourd'hui elle jouit de ses droits, grandit sous le sceptre qui la protège et doit une reconnaissance éternelle au Prince illustre né sous son ciel qui a déjà rempli pour elle la tâche de père, de civilisateur.

Parler d'un grand empire, l'antique Italie, énumérer les bienfaits qu'elle a répandus sur une contrée longtems malheureuse, longtems déchirée par des guerres civiles, longtems la proie du plus fort, mettre au jour les bienfaits de l'héroïsme, les conquêtes d'un grand homme, rendre à César ce qui appartient à César, telle est la tâche que je me suis imposée en écrivant ce faible poëme,

Si je parviens à exciter quelques émotions, si je ne suis pas foulé aux pieds — car on jette souvent la pierre aux malheureux —, j'aurai rempli mon but, car j'aurai publié la pensée du peuple valaque.

G: STORHAS.

BOUKOURESTI 30 Août 1838-

Voyez, amis, cette barque légère
Qui de la vie essaie encor les flots;
Elle contient gentille passagère;
Ah! soyons-en les premiers matelots.
Déjà les eaux l'enlèvent au rivage
Que doucement elle fuit pour toujours.
Nous qui voyons commencer le voyage,
Par nos chansons égayons-en le cours.

Déjà le Sort a soufflé dans les voiles;
Déja l'Espoir prépare les agrès
Et nous promet à l'éclat des étoiles
Une mer calme et des vents doux et frais.

Qui vient encor saluer la nacelle?
C'est le malheur bénissant la vertu
Et demandant que du bien fait par elle
Sur cet enfant le prix soit répandu.
A tant de voeux dont retentit la plage,
Sûrs que jamais les dieux ne seront sourds,
Nous qui voyons commencer le voyage,
Par nos chansons égayons-en le cours.

BERANGER.

LA

ROMANIE

I.

Salut! terre des preux, antique Romanie,
Où Rome avait ses dieux, le Dace une patrie;
Que le Hun mutila de son sabre d'acier
Et que le Turc broya sous son brûlant coursier,
Salut!.. Oh! redis-moi, c'est un Dieu qui m'inspire;
Un Dieu qui de son souffle a ranimé ma lyre,

Mon Dieu! seul trois fois saint, seul Dieu de vérité!..
Ton sort fut-il heureux sous le joug redouté,
Quand un pied colossal pesait sur ta poitrine;
Quand les dieux désertaient tes temples en ruine;
Quand du haut de la nue, élancés sur tes champs,
Les aigles des Romains plânaient sur tes enfans?
Ton sort fut-il heureux, quand la reine superbe,
Rome, dont le cercueil se voit encor sous l'herbe;
Vit se briser son char? Oh! réponds à ma voix,
Patrie aux cheveux blancs! la lyre du poête
Peut évoquer des morts la majesté muette,
Parle! je sens frémir les cordes sous mes doigts.

II

Le meurtre aux mille bras comme un géant se lève.

Victor Hhgo

Orientales.

II.

Un grand siècle achevait sa sublime carrière.
Rome seule avec lui marchait terrible et fière;
Les peuples effrayés fuyaient devant ses coups
Et les rois prosternés l'adoraient à genoux.
Des rivages du Tibre aux champs du Finisterre,
Des sommets du Caucase aux rocs de Gibraltar,

Les grandes légions, à la voix de César,
Comme le flot qui monte, envahissaient la terre.
L'Europe subissait un joug avilissant.
Le glaive était le sceptre et dans le sang trempée
La lame de l'épée
Menaçait l'univers de son double tranchant.
Oh! que de sang jaillit de mes fécondes veines
Quand ces fils de la louve, aux bras forts et puissans,
Me meurtrirent le sein, me brisèrent les flancs!
Je crois entendre encor leurs bruyantes haleines;
Je crois sentir leurs dards, trouant mon bouclier,
Me déchirer le cœur de leurs pointes d'acier.
En vain, le sabre au poing, les lèvres écumantes,
Mes fils dans les combats frappaient, semaient la mort;
En vain leurs bras raidis par un dernier effort
Cherchaient de ces Romains les entrailles fumantes,
Il fallut succomber! et je vis mon enfant,
Le Dace au front superbe,
Comme un faisceau d'airain, tomber râlant sur l'herbe
Qu'il rougit de son sang.

. . . .

Et je devins alors l'esclave de l'idole,
Et j'offris de l'encens aux dieux du Capitole;

Car les dieux avaient fui de mes temples brûlans,
Car les dieux des Romains plus terribles, plus grands,
Comme des spectres noirs s'agitaient sur ma tête.
Ainsi le front baissé, conjurant la tempête,
Je les priai, ces dieux, de détourner leurs coups,
D'épargner des captifs chassés de leur patrie,
De protéger leurs jours sous le ciel d'Italie,
De servir de pères à tous.

III

Oui, j'en suis fier encor; ma patrie est l'asile :
Elle est le temple des beaux-arts.
A l'ombre de nos étendards
Ils reviendront ces dieux — — —

DELAVIGNE.
Messéniennes.

III.

Enfin un jour plus pur brilla sur la Dacie,
Le sang ne coula plus, les grandes légions
Respectaient le malheur; on bénissait leurs noms;
Mes enfans refoulaient le sol de la patrie,
Leurs mères les pressaient sur leurs seins palpitans,
Quelques larmes tombaient, mais c'était par instans:

Quand la veuve priait sur le cercueuil du brave,
Ou quand l'homme de cœur demandé par la loi
Sous l'habit d'un Romain se regardait esclave.
Les alarmes cessaient ; partout la bonne foi
Unissait les soldats aux laboureurs tranquilles ;
Mes temples s'élevaient dans l'enceinte des villes ;
Tous mes champs se couvraient de fertiles moissons;
Et la fille du ciel, le plus riche des dons
Que les dieux bienfaisans aient légué sur la terre ;
La paix, jetait des fleurs sur les maux de la guerre.
Toi, dont la main puissante a su sécher mes pleurs,
Être compâtissant, soldat, héros, dieu même,
Oh! béni soit ton nom, l'honneur du diadême,
Trajan! ton souvenir est gravé dans nos cœurs.

Musa, mihi causas memora . . .

VIRGILE.

IV.

Ici la voix se tut et ma lyre muette
S'échappa de mes mains! . . . Je t'attends, ô poëte!
Écoute! Un long soupir s'exhala de son sein,
Puis sa voix retentit comme un timbre d'airain.

Saisis ta corde mugissante,
C'est le choc des coursiers, c'est le cri des clairons
Que ma voix frémissante
Va redire aux échos des grandes nations.

Qui sait? Il est des traits qui n'ont jamais trompé!
Des présages sanglans dont s'armait la nature
En regrettant César plaignaient Rome future,
Et d'épais escadrons se heurtant dans les airs,
De la ville de Dieu, veuve de l'univers
Célébraient par leur choc le deuil et la ruine.

NUITS POETIQUES.

Illusions.

V.

Un jour, et c'était Dieu qui l'ordonna lui même,
Oui, le Dieu des chrétiens, mon Dieu, l'immensité,
Celui qui le front ceint d'un triple diadème
Est un mystère d'unité.
Cent peuples échappés d'une forêt sauvage,
Réunis sous un chef, par l'ordre du destin,

Hurlant comme le loup que dévore la faim,
Vers Rome, dans le sang, s'ouvrirent un passage.
Et l'on n'entendit plus qu'un long râle de mort,
Qu'un bruissement de fer et qu'un cri de détresse.
Les combats aux combats se succédaient sans-cesse:
Ainsi Dieu l'avait dit, et l'arbitre du sort,
Immuable, éternel dans ses arrêts suprêmes
Ouvrit le livre saint et l'or des diadêmes
Se brisa sous les coups de vandales guerriers
Sur un front colossal, couronné de lauriers.

Rome, cité des preux, effrayant météore,
Ta chûte retentit du couchant à l'aurore!
Alors les rois vaincus enchaînés à tes chars;
Les peuples effrayés qui te demandaient grâce,
Te foulèrent aux pieds, te meurtrirent la face,
Blasphémèrent ton nom, ô mére des Césars!

Mais moi, je te pleurai, car forte et bienfaisante,
Tu savais à la fois pardonner et punir;
Car dans mes jours de deuil, de ta main caressante
Tu calmas mes douleurs!... Oui, j'ai dû te bénir;

J'ai dû courber mon front devant ton front auguste,
Car le fils de l'Eternel.
Le Verbe, l'Homme-Dieu, la Victime, le Juste,
O Rome! dans ton sein eut son premier autel.

Pendant que dans le sang, le vandale farouche,
Le blasphème à la bouche
Abreuvait ses coursiers;
Pendant que sommeillait sur d'horribles lauriers
L'homme, fléau de Dieu, que Dieu dans sa colère
Arma du fer vengeur pour châtier la terre;
Le monstre au souffle impur vomi par les démons,
La discorde agitant le brandon de la guerre
Sur mes fils aveuglés distillait ses poisons.
Les ingrats se ruaient sur leur mourante mère...
Ils me frappaient au cœur; se partageaient ma chair,
Et quand le Hun féroce aussi prompt que l'éclair
Broya sous ses coursiers mes fertiles campagnes,
Quand l'étendard de crin flotta sur mes montagnes,
Ils ne purent offrir à des sabres d'acier
Que l'orbe d'un vain bouclier.
La haine divisait leurs masses intrépides;
Il leur fallait à tous mon sceptre mutilé;

Il leur fallait mon sang et mon sang a coulé
Sous leurs glaives hommicides.

Que j'ai longtems traîné le vêtement de deuil!
Que j'ai souffert, mon Dieu! quand l'étranger farouche
Du soldat valeureux profana le cercueil!
De mes filles en pleurs il viola la couche,
Il flétrit leur beauté, puis comme un vil bétail
Horreur!.... il les parqua dans son hideux sérail.

Que j'ai sué de sang quand un guerrier superbe
Sous ses pieds meurtriers me foulait comme l'herbe,
Et jetait à mes fils pour prix de leurs sillons
Quelques sales haillons!

Tout se heurtait alors dans ma sanglante arène:
L'Arabe par la faim chassé de son désert,
Le fougueux janissaire au lourd casque de fer,
Le Hongrois aux coursiers bondissans dans la plaine.
De mes membres brisés et coupés en lambeaux
Chacun prenait sa part encor chaude et saignante

Ils décimaient mes fils, les chassaient de leurs champs
Insultaient à leurs cris et d'une voix hurlante
Invoquaient leurs faux-dieux sur mes vieux ossemens.

Mais secouant par fois leur sommeil léthargique
J'ai vu de mes pâles guerriers
Se rougir le front héroïque,
Honteux du joug des étrangers;
J'ai vu leurs masses vengeresses,
Plus terribles que les autans,
Ensevelir leurs fiers tyrans
Sous la pierre des forteresses:
Puis armés de leurs boucliers
Debout sur ma vaste ruine
Frapper au cœur, à la poitrine
Des brigands chargés de lauriers.

Une lueur de sang jaillit de son épée.

NUITS POETIQUES.

L'apparition.

Voilà nos monumens; c'est là que nos exploits
Redoutent peu l'orgueil d'une injuste victoire;
Le fer, le feu, le tems, plus puissant que les rois,
Ne peut rien contre leur mémoire.

DELAVIGNE.

Messéniennes.

VI.

Oh! si Rome versa sur mes larges blessures
Un beaume bienfaisant;
Si sa main caressa mes douloureux murmures,
Si son dieu, si Trajan
Sur mes enfans captifs plâna comme un génie,
Michel, ton bras puissant, appui consolateur

A soutenu mes pas au terme de la vie,
Alors que je souffrais sous les coups du malheur.

Comgagne de mes chants, ô lyre du poete,
Silence aux rudes sons de ta corde d'airain!
Silence au bruit du fer, au cri de la tempête!
Mon horison est pur et mon ciel est serein.
Un astre bienfaisant a chassé le nuage
Qui sur mon front penché précipitait l'orage.
Que ses rayons sont doux! que ses feux sont brillans!
Soupirs des Séraphins, ô céleste harmonie!
Chœurs sacrés des élus, que votre mélodie
Pour chanter ses bienfaits s'unisse à mes accens.

C'est à la voix de Dieu qu'il brilla sur ma tête.
Un aigle noir plânait sur son char triomphal
Et la couronne d'or ornait son front ducal;
Son sceptre en s'agitant dissipait la tempête.
Seul il sut écouter le récit de mes maux;

Seul il sut me guérir de ma longue souffrance,
Me prêter son appui, me jurer alliance,
Me délivrer enfin de mes nombreux bourreaux.
C'est lui qui me donna pour châtier le vice
Et pour récompenser les braves dévoûmens
Le laurier du vainqueur, le fer de la justice;
C'est lui qui me forma des soldats conquérans
Pour soutenir mes pas, me protéger sans-cesse,
Pour être mon rempart contre l'invasion,
Pour étouffer le cri de la rebellion,
Pour me servir enfin dans mes jours de détresse.
Son nom!... il fut toujours la terreur du méchant!
Partout il est écrit, et sur le sein du brave,
Et jusques dans le cœur du malheureux esclave
Qu'il sauva des fureurs d'un maitre, son tyran!
Son nom!... Peuples fouillez les pages de l'histoire;
Là, vous le trouverez étincelant de gloire,
Et là, vices; vertus, vous paraitront sans fard;
Là, vous verrez marcher entouré de batailles
Celui dont le nom seul fit tomber des murailles,
Michel, soldat sans peur, conquérant, Hospodar.

VII

Vous êtes grand!

BULWER.

Rienzi Liv. VII.

Reprends ton orgueil,
Ma noble patrie,
Quitte enfin ton deuil!

DELAVIGNE.

Messéniennes.

VII.

Sois mille fois béni, Toi, dont le regne auguste
A vu fleurir la paix, la justice et les lois,
Toi, dont la main puissante a maintenu mes droits;
Toi, que la voix du peuple a surnommé le Juste!
Du trône à mes côteaux jette un regard d'amour,
Contemple tes bienfaits, vois les arts, l'industrie

De ma vieille ceinture embellir le contour
Et répandre leurs fleurs sur ma fille chérie!
Qu'ils soient bénis tes descendans!
Ils protégeront ma faiblesse,
Ils m'aimeront dans mes enfans,
Enfans, prions pour eux sans-cesse!
Prions! car un sceptre de paix,
Sur nous tous aujourd'hui veille comme un génie,
Prions pour ALEXANDRE, ô belle Romanie!
Que son nom dans nos cœurs soit gravé pour jamais!

Oh! que d'infortunés partagent ses richesses!
Que de pauvres nourris par ses soins généreux,
Ses dons et ses largesses.
Le malheureux en pleurs l'élève jusqu'aux cieux:
La mère à ses enfans redit son nom, sa gloire;
Tout retentit au loin du bruit de ses bienfaits;
Nouvelle Boukourest, pour bénir sa mémoire,
Jette un cri de victoire;
Jadis sur des débris te voilà sous le dais,

VIII

La mort a mille aspects !

VICTOR HUGO

Marion Delorme.

VIII.

La lyre avait cessé sa chaste mélodie
Et je n'entendis plus sous la voûte des cieux
Que l'écho des vallons dont la voix affaiblie
Murmurait en mourant des paroles d'adieux.
Adieu donc, ô ma lyre, adieu, douce harmonie,
Adieu, vous que mes pleurs ont pu seuls attendrir,

Vous m'avez accordé quelques heures de vie,
Mais je sens que bientôt il me faudra mourir!
Oui, mourir, ô mon Dieu! quand les feux du génie
Me fécondent le sein, me consument le cœur:
Et mourir de la faim! quelle lente agonie,
Quelle horrible douleur!

Adieu, ciel vaste et pur; ô ma sœur, ô ma mère!
Et vous tous que j'aimais, mes frères d'âge, adieu!
Je légue mon cadavre à la terre étrangère,
Mais mon âme pour vous ira prier son Dieu.
Oh! si j'avais du pain, je pourrais vivre encore,
Je pourrais quelques fois voir renaître l'aurore:
Mais non... je dois mourir sur la croix du chemin.
Là, je pourrai du ciel implorer la clémence;
Là, plutôt que de tendre une tremblante main
Je pourrai m'endormir au sein de la souffrance!

AUJOURD'HUI

OU LA

ST. ALEXANDRE

A PROPOS-VAUDEVILLE
EN DEUX TABLEAUX

PAR

H. BUVELOT ET G. STORHAS.

PERSONNAGES.

CHRISTAKE, épitrope, père de SANDO.

GRONDESCO, père de OUTZA, amante de Sando.

L'INTENDANT de Grondesco.

UN ÉPITROPE.

UN PAYSAN.

PREMIER OUVRIER.

SECOND OUVRIER.

Épitropes. Peuple. Ouvriers. Femmes. Musiciens. etc. etc.

IL Y A QUATRE ANS.

TABLEAU I

Le théâtre représente Alexandrie dans ses commencemens, on y voit plusieurs maisons en construction. Des ouvriers sont occupés à leurs différens travaux. Au lever de la toile on entend le choeur des ouvriers.

SCENE I

LES OUVRIERS.

— Chantant. —

CHOEUR

A l'ouvrage! a l'ouvrage!
Allons, amis, courage!
Sans craindre le tapage
Bâtissons
Nos maisons
Sur cette belle plage.

SOLO

Notre soleil est beau;
Notre terre est fertile;
Adieu le vieux hameau!
Salut! nouvelle ville.
Salut! riant côteau.

CHOEUR

A l'ouvrage! à l'ouvrage!
Allons, amis, courage;
Sans craindre le tapage
Batissons
Nos maisons
Sur cette belle plage.

SOLO

Nous étions bien malheureux
Dans la vieille demeure
Où dorment nos ayeux.
Aujourd'hui d'heure en heure
Se comblent tous nos voeux.

CHOEUR

A l'ouvrage! à l'ouvrage!
Allons, amis, courage!
Sans craindre le tapage
Batissons
Nos maisons
Sur cette belle plage.

SOLO.

Buvons, buvons du vin;
Labourons nos campagnes,
Versons à pleine main
Le jus de nos montagnes
Du soir jusqu'au matin.

CHOEUR.

A l'ouvrage! à l'ouvrage!
Allons, amis, courage!
Sans craindre le tapage
Batissons
Nos maisons
Sur cette belle plage.

PREMIER OUVRIER.

Où diable se fourre donc Sando?

SECOND OUVRIER.

Eh! parbleu il regrette le passé.

PREMIER OUVRIER.

Le bon vin de Mavrodin.

SECOND OUVRIER.

La bonne eau.

PREMIER OUVRIER.

Le bon air.

SECOND OUVRIER.

Le diable, si vous le voulez; mais je crois, moi, qu'il regrette Outza.

TOUS, en riant.

Ah! ah! ah! Outza.

PREMIER OUVRIER.

Elle est belle, riche et noble.

SECOND OUVRIER.

Ah! c'est qu'il est malin, notre amoureux sentimental.

CHOEUR

C'est l'amour, l'amour, l'amour
Que fait le monde,
A la ronde.
Et chacun chante à son tour :
Le monde fait l'amour.

— la bouteille en main —

C'est le vin, le vin, le vin
Que boit le monde
A la ronde.
C'est le vin, le vin, le vin
Qui fait fuir le chagrin.

— Les têtes des cuvriers commencent à s'èchauffer. —

SCENE II

LES PRÉCÉDENS. CHRISTAKE.

CHRISTAKE.

Est-ce possible? est-ce possible? Moi, épitrope, moi, fondateur d'une nouvelle cité; moi, père, tendre père, moi, dont le cœur... moi!.. moi!

PREMIER OUVRIER.

Mais qu'a-t-il donc, le vieux Christake?

CHRISTAKE.

Mon sang bouillonne! mes cheveux se hérissent sur ma tête.

PREMIER OUVRIER.

Bien! bien! bois un coup pour te rafraîchir.

CHRISTAKE.

Moi! me rafraichir. Croyez-vous donc que le clair de la lune ne rafraichisse pas assez? Depuis trois jours, le misérable; il me force à boire le grand air. . . l'air. . . l'air. . l'air grand. . . . . Je suffoque! . .

PREMIER OUVRIER.

Tiens, tiens. il suffoque. Un coup de rafraichissement.

CHRISTAKE.

— Il boit un coup. —

Ah! Mes amis, j'ai le cœur chargé, il faut que je le décharge. Écoutez-moi. Silence!

SECOND OUVRIER.

Tiens! Comme il nous commande, cet ostrogoth là!

PREMIER OUVRIER.

Qni es-tu?

CHRISTAKE.

Je suis votre épitrope.

— D'un ton de commandement. —

Silence !

— Au moment où il dit silence , les ouvriers prennent leur bouteille , se forment en grouppes et se mettent à chanter: —

CHOEUR

C'est le vin, le vin, le vin
Que boit le monde
A la ronde,
C'est le vin, le vin, le vin
Qui fait fuir le chagrin.

SOLO

Le monde entier nous calomnie,
Notre silence est dans le vin
Notre bonheur est dans la lie ;
Vive le vin! vive le vin!
Amis de la bouteille
Accourez près de nous ,
Que la gaité s'éveille ,
Buvons et trinquons tous

CHOEUR

C'est le vin, le vin, le vin
Que boit le monde
A la ronde.
C'est le vin, le vin, le vin
Qui fait fuir le chagrin.

CHRISTAKE

Sont-ils donc de pierre, ces hommes-là?

PREMIER OUVRIER.

De pierre, vieux! dis-donc des éponges. Nous buvons et vive le vin! A ta santé!

CHRISTAKE.

Écoutez, camarades, n'avez-vous pas vu mon fils aujourd'hui?

PREMIER OUVRIER.

— ironiqu ment —

Ton fils? oh! ton fils? Il chasse toujours sur la vieille terre.

SECOND OUVRIER.

Il connait son gibier.

PREMIER OUVRIER.

Là bas le gibier est coiffé; ici, nous le décoiffons. Paff f f f!

— il boit à la bouteille. —

TOUS, en riant.

Bravo! l'ami! Tiens, il n'est pas bête, le camarade. Voyons, vieux épitrope, que nous chantes-tu donc?

CHRISTAKE.

Rien.

— à part. —

— Ils sont ivres comme des cruches.

PREMIER OUVRIER.

Il est bien triste, le vieux,

SECOND OUVRIER.

S'il buvait, ça l'égaierait.

PREMIER OUVRIER.

Je crois qu'il a un chagrin sentimental.

SECOND OUVRIER.

Ma foi, tournons bride. Sa vieillesse ne compâtit pas avec notre jeunesse.

— Ils chantent —

SOLO

Plaisir s'apprête,
Joyeuse fête
Va retentir.
Partout musique,
Chant magnifique,
Plus de soupir.

CHOEUR

La e lalalala la etc. etc.

SOLO

Pour Alexandre
Faisons entendre
De doux concerts.
Sonnez, trompettes,
Chantez, musettes,
De tendres vers.

Sous la charmille
Fille gentille
Viendra danser.
Jus de la treille,
Liqueur vermeille
Faudra verser.

Les vieilles bonnes
Près de leurs tonnes
Nous souriront,
Et sous l'ombrage,
Malgré leur âge
Folâtreront.

CHOEUR

La e lalalala etc. etc.

CHRISTAKE, seul.

Au moins je respire; les voilà partis. Je puis pleurer en paix. Mon fils! ô mon cher fils! mais c'est un lâche; me quitter, m'abandonner ainsi! Voilà, je croyais que Sando serait l'honneur de cette nouvelle ville, je croyais que. . . . et il trahit ainsi mes espérances! Il l'aime! et son amour lui fait oublier son devoir. Il l'aime! et son amour lui enlève toute piété filiale. Maudit amour! maudit enfant! Mais non, moi, maudire mon fils!

— Il se laisse tomber sur une pierre —

C'était sur lui que reposaient toutes mes espérances et même l'avenir d'une nouvelle ville qui doit grandir sans titre par son industrie. Né dans le commerce, je l'ai élevé avec tous les soins devenus indispensables à la civilisation ; je comptais même l'envoyer à Boukouresti étudier les sciences. — Oh! comme j'aurais été heureux de le voir revenir dans ces murs enseigner à nos habitans leurs devoirs de sujets respectueux et d'hommes reconnaissans! Longtems nous fûmes malheureux. . . longtems le malheur . . . . longtems . . . long - - tems — — — —

— Il s'endort —

CHRISTAKE, dormant, GRONDESCO,
L'INTENDANT.

GRONDESCO.

— sans voir Christake —

Qui jamais aurait cru que ces gens-là auraient eu l'audace de mener à bien une pareille entreprise? et qui croirait en me voyant que moi.. moi! ... je suis ....

L'INTENDANT.

Hélas! telle est la vie du monde.

GRONDESCO.

Maudite vie! Encore passe si c'était comme dans le bon vieux tems. Mais aujourd'hui — aujourd'hui se voir comme ça. Regarde-moi bien, ai-je véritablement la mine de l'arrière petit-fils de l'arriére petit-fils d'un Boyard?

L'INTENDANT.

Toujours le même. Ainsi va la vie du monde.

GRONDESCO.

Le bon vieux tems! Eh bien! dans le bon vieux tems ces gens-là étaient à moi, j'étais leur maitre, je recevais de l'argent pour leur permettre d'exercer leur industrie; mais aujourd'hui...

L'INTENDANT.

L'argent est rond; il roule comme la fortune.

GRONDESCO.

Mais enfin, n'étaient-ils pas bien, là bas sur ma terre? Que leur manquait-il? Tous les jours ils pouvaient contempler les traits de l'arrière petit-fils de l'arrière petit-fils d'un Boyard; ils avaient de l'eau, du maïs, de l'air, de la terre: que faut-il de plns pour vivre?

L'INTENDANT.

Ma foi, moi, je vis bien comme ça.

GRONDESCO.

Que dirait par exemple l'arrière grand'père de mon arrière grand'père si son vaste esprit revenait et qu'il vit son arrière arrière petit fils? — Oh! il suffoquerait et il aurait raison.

L'INTENDANT.

Il y aurait de quoi, cher Monsieur. Que dirait aussi l'arrière grand'père de mon arriére grand'père employé chez l'arrière grand'père de votre arrière grand'père?

GRONDESCO.

Mon cher Intendant. Vois combien je t'aime; je te dis: cher, cher, mon cher; c'est beaucoup, je ne l'ai jamais fait que pour toi.

L'INTENDANT.

— à part: —

Les circonstances rendent doux.

— haut. —

Telle est la vie.

GRONDESCO.

Oui, tiens, cher Intendant, ton ancienneté dans ma famille, tes ancêtres, tous fidèles intendans, tiens, je descends du faîte de ma grandeur, je veux donner un exemple de bonté au monde entier, viens, pose, appose, repose — ne tremble pas, je te le permets, — appose ta main plébéienne.

CHRISTAKE.

— ronflant. —

Plébéienne beienne ienne.

GRONDESCO.

Ta main plébéienne dans ma main, ma noble main.

CHRISTAKE.

— ronflant et étendant les bras —.

Plébéienne plébéienne.

GRONDESCO.

Silence! il y a quelqu'un là, on nous écoute.

L'INTENDANT.

— après avoir été regarder —

C'est le vieux Christake dont le fils donnait des leçons de cacographie à Mademoiselle votre fille.

GRONDESCO.

Tu es bien un cacographe, toi; dis donc ca li-gra phi e, ignorant.

CHRISTAKE.

Caa coo caa coo graa phii e graphie.

L'INTENDANT.

Le vieux Christake s'y connait, mais je crois que la science de son fils est plus profonde; c'est ce que je demanderai à Mademoisrlle Outza, elle doit le savoir.

GRONDESCO, à Christake dormant.

Et toi aussi, toi qui jadis pâlissais à ma voix, toi qui te trouvais trop heureux de pouvoir contempler les traits de mes ayeux sur ma figure contemporaine, tu dors aujourd'hui sur les fondemens de ta nouvelle ville tandis que moi, moi, arrière petit fils de l'arrière petit-fils d'un.. oh! je me meurs.

L'INTENDANT.

Hélas! hélas! hélas! et mille fois hélas!

GRONDESCO.

Où donc est le bon vieux tems? A cette époque au moins nous pouvions quelque chose; nous avions de la volonté, de la parole, nous donnions des ordres, nous avions des finances, des subordonnés, des sokotelniks, des des des....

CHRISTAKE.

— dormant. —

Des des des des des...

GRONDESCO.

Le bon vieux tems! Alors tout le monde portait les antérij, les tchaktchirij, les ischliks.

CHRISTAKE.

— dormant —

Ischliks liks liks liks.,.

— Il se réveille, se frotte les y ux; apercevant Grondesco qu'il prend pour un ouvrier. —

Je m'étais endormi ici. Oh! oh! oh! holà, toi!

As-tu fini ta charpente? As-tu vu mon fils? Avons-nous baptisé la rue? Quel en est le parrain?

GRONDESCO.

— s'avançant vers Christake la tête haute. —

Le marchand Christake ne me reconnait donc plus?

CHRISTAKE.

Oui, je vous reconnais, Monsieur l'arrière. Mais depuis que notre bon Prince nous a permis de nous établir ici, de respirer ce bon air et de boire cette bonne eau, nous ne sommes plus en arrière, Monsieur l'arrière, nous sommes en avant.

GRONDESCO

Insolent!

L'INTENDANT.

— pathétiquement —

Insolent!

CHRISTAKE.

Ah! maintenant, mais nous, nous avons des droits.

GRONDESCO.

Et quels droits, s'il vous plait ?

CHRISTAKE.

Ah ! vous l'ignorez, eh bien ! écoutez. Primoo. Quand on est maltraité, le Prince ouvre sa porte. Secondooo. Nous n'avons plus vos corvées. Tertiooo. Nous sommes libres. Quartoooo. Nous bâtissons une ville. Quintooooo. Nous pouvons la baptiser. Sextoooooo. . . .

GRONDESCO.

Taisez-vous avec vos ooooo.

CHRISTAKE.

Nos os? oh! ils s'en vont, grâces à Dieu, à notre Prince et à notre climat salubre. Nous sommes tout de graisse.

GRONDESCO.

Eh bien! quel est donc le parrain de votre nouvelle ville?

CHRISTAKE.

Ah! c'est un homme, il n'y en a pas deux ainsi en Valachie. Il aime le commerce, il protège l'industrie, il secourt les malheureux, il est mon père, votre père, notre père à tous.

L'INTENDANT.

Diable! en voilà de la paternité.

GRONDESCO.

Mais quel est son nom?

CHRISTAKE.

Son nom? c'est celui que porte cette ville, c'est un nom que tout le monde révère, c'est un nom que vous connaissez.

GRONDESCO.

Au Diable ces hommes du peuple! on ne les comprend jamais.

CHRISTAKE.

Ah! on ne nous comprend pas. Cette fois-ci vous comprendrez. C'est lui! lui! lui!

GRONDESCO.

Qui, lui?

CHRISTAKE.

C'est le Prince, notre Prince ALEXANDRE GHIKA !

GRONDESCO.

— étonné —

ALEXANDRE GHIKA !

Et notre ville se nomme ALEXANDRIE.

GRONDESCO.

— chante —

SOLO

Patati patata
Que me chante-il là?
Et que viens-je d'entendre?
Alexandre !

Allons, cher Intendant,
Marchant, courant, volant,
Désertons ce triste marchand.

Pourquoi rester ici?
Se perdre dans l'ennui?
J'aime mieux mes troupeaux
Et mes charmans bestiaux.

Patati patata
Que me chante-t-il là?
Et que viens-je d'entendre?
Alexandre!

Oh! maudite engeance!

— Il s'en va avec son Intendant. —

LES OUVRIERS. CHRISTAKE.

— On entend leurs refreins dont le son se rapproche insensiblement de la scène. —

CHOEUR

AIR
du marché de la Muette de Portici.

Au bruit de bachiques chansons,
Amis, tournoyons et dansons.
Que Bacchus, les ris et les jeux
Président à ces jours heureux;

Chantons, dansons,
Buvons, trinquons,
Le vin fera rougir nos fronts.
L'ivresse conduira nos pas
Vers la fillette aux doux appâts.

Du vin! Enfonçons les caveaux
Défonçons les tonneaux!

LES PRÉCÉDENS. LEURS EEMMES.

— Elles arrivent en courant échevelées. —

TOUTES ENSEMBLE.

Notre homme! notre homme! Ne le v'la-t-il pas qu'il est ivre comme une marmotte.

TOUS

— Ils répètent le chœur en dansant en rond sur la scène. —

Chantons, dansons,
Buvons, trinquons,
Le vin fera rougir nos fronts.
L'ivresse conduira nos pas
Vers la fillette aux doux appâts.

Du vin! Enfonçons les caveaux
Défonçons les tonneaux!

— ils prennent leurs femmes et les forcent à danser. —

A nous les vieilles!

— ils boivent un coup —

CHRISTAKE.

En voilà de la gaité.

PREMIER OUVRIER.

Allons, bois donc, vieux épitrope.

CHRISTAKE.

Une goutte.

TOUS

— les uns après les autres avant de boire. —

Une goutte.

PREMIER OUVRIER.

Mets-toi daus notre rond.

CHRISTAKE.

Oh? je suis trop vieux. Je ne puis supporter le tourbillon de la danse.

PREMIER OUVRIER.

Bah! tourbillonne donc, danse donc.

CHRISTAKE.

Comme j'aime la gaité, je chanterai.

— A ces mots il prend une flûte valaque et se met à en jouer, —

Ce que c'est que la fondatiou d'une cité, cela rend gai Oh! petite Alexandrie, je crois que tu deviendras grande.

TOUS.

Vive Alexandrie !

CHRISTAKE.

Cela me chiffonne le cœur.

CHOEUR

Et tic et tic et tic et toc et tic et tic et toc.
De ce bachique tintin
Vive le son argentin !

SOLO

Bâtissons Alexandrie !
Versons la liqueur chérie !
Fesons force libations.
Oh ! ne craignons pas l'ivresse
De sa main enchanteresse
Viennent les bénédictions.

Et tic et tic et tic et toc et tic et tic et toc.
De ce bachique tintin
Vive le son argentin !

Les murs seront plus solides
Quand les caves seront vides
Et quand nous aurons tout bu.
Mêlons le vin et le sable.
Ce mastic sera durable
Au delà du tems voulu.

Et tic et tic et tic et toc et tic et tic et toc.
De ce bachique tintin
Vive le son argentin !

— Pendant ce tems ils dansent en rond et sortent enfin avec Christake par la coulisse de droite. Sando arrive par la gauche. —

SANDO.

Elle m'aîme! j'ai osé lui déclarer ma passion. Quels momens heureux j'ai passés auprès d'elle! mais hélas! l'avenir, l'avenir n'a rien qui puisse nous sourire Pourquoi suis-je né fils d'un marchand ennemi de celle que j'aime? Quelle distance, quel abîme me sépare donc d'elle? Elle m'aime! Ai-je bien entendu ce mot là? Quel bonheur! J'ai senti sa main serrer ma main, son cœur bat tre sur mon cœur, sa tête se poser sur ma poitrine. O mon père! Entrevoir le bonheur et le croire impossible, horrible destinée!

— la musique revient —

Qu'entends-je?

LES OUVRIERS. CHRISTAKE. SANDO.

CHRISTAKE.

Marchons droit Point d'oscillations.

SANDO.

Mon pére ! je reconnais sa voix.

CHRISTAKE.

Ah ! tu reconnais ma voix·

— Il prend un bàton et court après son fils —

Gredin! ingrat! bourreau de ma vieillesse! va!

CHOEUR

Quoi Christaki
Rosser ton fils
Ta conduite n'est pas trop belle.
Il aime tant
Ce tendre amant
Qu'il peut bien être un jour absent.

A son amour être fidèle
Chanter l'amour et le bon vin;
Voilà, voilà le vrai modèle,
A l'imiter je suis enclin.

Quoi Chistaki.
Rosser ton fils
Ta conduite n'est pas trop belle,
Il aime tant
Ce tendre amant
Qu'il peut bien être un jour absent.

La toile tombe.

II

AUJOURD'HUI.

TABLEAU III

Le théâtre représente la villed'Alexandrie. à droite on voit l'église décorée de guirlandes. Sur le fronton on voit une étoile au dessus de laquelle on lit: espérance.

CHRISTAKE.
PRIVIGHÉTORIJ. ÉPITROPES, PEUPLE.

CHOEUR

AIR DE FRA DIAVOLO : C'est grande fête.

Chantons sans cesse
Gloire et bonheur
Au bienfaiteur !
Oui, pour Alexandre,
Fesons tous entendre
Des chants de coeur
Et de bonheur.

Peuples ! cessons
Nos chansons !

SOLO

Et-il un plus beau jour pour la reconnaissance ?
Voyez de nos travaux la belle récompense !
Pour lui, demandons le bonheur ;
Pour lui, du ciel, implorons la clémence

CHOEUR

— religieusement —

O toi, qui regnes dans les cieux ;
Exauce encor notre prière !
Il est notre ami, notre père,
Qu'il soit béni, qu'il soit heureux !

Conserve à sa vieillesse
Un jour calme et serein
Il est de la jeunesse
Le plus ferme soutien.

SOLO

O toi qui regnes dans les cieux,
Exauce encor notre prière,
Il est notre ami, notre père,
Qu'il soit toujours heureux.

CHOEUR

Chantons sans cesse
Gloire et bonheur
Au bienfaiteur!
Oui, pour Alexandre,
Fesons tous entendre
Des chants de coeur
Et de bonheur.

— Le peuple se met en rond et on commeence une danse nationale. —

CHRISTAKE.

Bons habitans de ce village
Prêtez l'oreille à mes chants
Ma morale est douce et sage
Et toute de sentimens.

Vous pourrez bien le comprendre
Et votre coeur vous le dira:
Chantons, dansons pour Alexandre
Et le bon Dieu nous bénira.

Sa main puissante et tutélaire
Sur nous planera désormais,
Nous étions tous dans la misère
Il nous en sort par ses bienfaits.
Vous devez bien le comprendre
Et votre coeur vous le dira:
Chantons, dansons pour Alexandre
Et le bon Dieu nous bénira.

Un jour viendra qu'Alexandrie
Grâce aux efforts de son patron
Quoique jeune encor dans dans la vie
Vantera sa gloire et son nom
Vous devez tous le comprendre,
Et votre coeur vous le dira:
Chantons, dansons pour Alexandre
Et le bon Dieu nous bénira.

LES PRÉCÉDENS. SANDO.

SANDO

— en courant —

Chantons, dansons pour Alexandre
Et le bon Dieu nous bénira.

TOUS.

Ah! ah! Sando!

CHRISTAKE.

Mon fils, eh bien! tu l'as vu?

SANDO.

Vu! parlé! bien plus encore! Pendant qu'il lisait notre compliment j'ai vu une larme sur sa paupière; il était ému le bon Prince. Ah! c'est qu'il a bien senti, qu'ici, dans son Alexandrie, il y a des cœurs qui lui sont dévoués, qui sont reconnaissans, qui l'aiment; il a senti que tout son peuple n'avait qu'une voix, qu'une âme pour le bénir, pour chanter son nom. Alors, ô camarades! il s'est approché de nous, et nous a dit en souriant de vous apporter ses vœux pour la prospérité et pour le bonheur de son peuple.

TOUS.

CHOEUR

Chantons, dansons pour Alexandro
Et le bon Dieu nous bénira.

SANDO.

Il vient de joindre un nouveau bienfait à ces

mille bienfaits dont il nous a comblés Dans toute la Valachie il a fait établir des milliers d'écoles, Alexandrie n'a pas été oubliée et c'est moi, moi Sando, qui en suis nommé Professeur.

TOUS.

Toi, Sando?

CHRISTAKE.

Quel bonheur pour ma vieillesse! Viens, mon fils! viens; que je te presse sur ma poitrine· Tu seras le flambeau de la nouvelle Alexandrie!

UN PAYSAN.

Excellent. Ce soir il y a illumination; v'là encore un flambeau de plus.

SANDO.

Comme Boukouresti est beau! Tout y respire la fête; quand j'y étais les tambours battaient, la musique retentissait en joyeux sons, on faisait des guirlandes, les préparatifs d'illumination encombraient les rues et la foule se précipitait le long de la rue du Podo Mogoschoï. Les Boyards en grande tenue de fête, dans leurs superbes calèches; de belles dames....

— à part —

Hélas!. Outza n'y était pas.

UN ÉPITROPE.

Jamais, jamais ce jour ne sortira de ma mémoire, et ses traits doux et affables! J'ai cru que je tremblerais en le voyant, eh bien! non. Quand je l'ai vu, j'ai senti un je ne sais quoi qui m'a rendu tout tranquille.

SANDO.

Au théâtre, c'est là que ce sera beau ce soir. Pensez donc. On y a représenté notre beau village parce qu'il porte le nom du Prince; j'ai tout reconnu, la bacanie, l'église, la maison d'Iwansch; tout. Quand on est là on croit être ici.

UN ÈPITROPE.

Tu sais bien, ces deux Erançais qui sont venus ici il y a un mois, je suis sûr que c'est pour cela qu'ils sont venus.

LES PRÉCÉDENS. OUTZA.

OUTZA

— sans voir Sando —

Oh ! qu'Alexandrie est jolie. C'est bien plus beau que notre village. Mon père m'a trompé en me disant qu'il ressemblait à tous nos autres villages. Ces rues bien alignées, ces jolies maisons, ces toits qui ne sont pas de roseaux comme les nôtres, c'est charmant tout cela. Pourquoi ne pas venir demeurer ici ? ce serait si charmant avec Sando.

SANDO

— aperçoit Outza et vole dans ses bras. —

Outza !

OUTZA.

Sando !

SANDO.

Outza ! m'aimes-tu ?

OUTZA.

Si je t'aime ! oh ! quel doux aveu !

SANDO

Mais ton père !

OUTZA

Oh ! mon père, maintenant, son orgueil a faibli ; le malheur a renversé notre fortune et peut-être même viendra-t-il sur cette plage. . . Qui sait ? Notre bonheur ne tardera peut-être plus.

SANDO.

Que dis-tu, Outza ? Pourrais-je espérer ? Oh ! Premier baiser d'amour !

LES PRÉCÉDENS. GRONDESCO.
L'INTENDANT.

GRONDESCO.

Marche derrière moi à une distance respectueuse et surtout qu'ils ignorent mon infortune. Diantre! C'est gai par ici, on sait y célébrer la Saint-Alexandre. Mais, mais, leur village a l'air de quelque chos e. Pourquoi ne me fixerais-je pas ici?

L'INTENDANT.

Je crois qu'il y a plus gras ici que par là bas. Je suis si maigre.

GRONDESCO

Je pourrais y rétablir ma fortune.

L'INTENDANT.

Et moi ma graisse.

OUTZA.

— à Sando —

J'ai goûté le vrai bonheur! Premier baiser d'amour!

GRONDESCO.

Sando! Outza! Que faites-vous ici, Mademoiselle? Elle va compromettre ma dignité.

CHRISTAKE.

Que faites- vous là; Monsieur? Il va compromettre ma dignité. Comment? Le Professeur d'Alexandrie à qui notre Prince a parlé, auprès de la fille de l'arrière petit-fils de l'arrière prtit-tils..

GRONDESCO.

Bonjour, vieux Christake.

CHRISTAKE.

Bonjonr; bonjour! Que faites-vous par ici Vous ne fêtez pas la Saint Alexandre dans votre village?

GRONDESCO

Oui. Mais j'ai voulu voir s'il ne vous resterait pas un terrain, un emplacement convenable.

CHRISTAKE.

Comment, vous viendriez parmi nous?

GRONDESCO.

Hélas! je suis ruiné.

CHRISTAKE.

Ruiné! L'infortune trouve toujours l'hospitalité chez nous.

GRONDESCO

Mais il me reste encor quelque chose.

CHRISTAKE.

Eh bien! Avec les débris de votre fortune vous pourrez agir en commerce. C'est le commerce qui fait le pauvre riche. Regardez notre ville, grâce à la protection de notre Prince et au commerce elle va bien.

SANDO.

Vous restez donc parmi nous Outza, quel bonheur!

SANDO et OUTZA

— ensemble à leurs pères respectifs —

Je l'aime!

GRONDESCO.

Eh bien puisque vous vous aimez, mes enfans, soyez heureux!

CHRISTAKE

Je le crois bien, vous n'êtes pas dégoûté, maintenant qu'il a palé au Prince et qu'il est Professeur d'Alexandrie.

L'INTENDANT.

Voyez donc les maitres de caco cali cacographie. Ils ne donnent que des leçons d'amour, mais il parait que l'on sait en profiter.

CHRISTAKE.

Eh bien! je le permets aussi, soyez heureux!

CHOEUR

Quel beau jour! quel beau jour!
Que partout l'on s'apprête!
Tout respire la fête
Le bonheur et l'amour!
Enlaçons des guirlandes
Préparons des offrandes
Et chantons tous en choeur:
Gloire au Prince Alexandre!
A Sando le bonheur!

L'INTENDANT.

SOLO

Voyez-vous ces bons lurons,
Quand ils donnent leurs leçons
Ils ne cherchent que les coeurs
Fiez-vous aux professeurs.
Tra la la la la etc: etc:

Tout le monde sort. Il fait nuit. Pendant ce tems le buste du PRINCE ALEXANDRE apparait dans le lointain! Le choeur revient et chacun porte en main une branche de laurier ou quelque fleur qu'il dépose au pied de la couronne.

CHOEUR

Chantons! qu'un écho du coeur
Jusqu'à lui se fasse entendre;
A ses pieds venons répandre
L'odorante et belle fleur.
Vive Alexandre
Notre bonheur.

O toi, qui sur nous étends
Ta main sage et tutélaire
Nous t'appelons notre père,
Appelle-nous tes enfans!

SOLO

Amis, qui dans ce jour prospère
Renouvellez votre fraternité
De main en main que notre verre
Porte au Prince Alexandre une triple santé.
Oh! oui, nous l'aimerons sons cesse
Il a déjà tout notre amour
Bénissez-le, belle jeunesse
Chantez son nom dans ce grand jour

O Dieu! dont la main bienfaisante
A répandu tant de bienfaits
Sur cette plage renaissante
Conserve à ses enfans l'innocence et la paix.
Bénis celui qui sut nous rendre
Le bonheur, les lois et l'amour,
Chantons la gloire d'Alexandre
Et jurons-tous de l'aimer chaque jour.

CHOEUR

Voyez, voyez cette colonne;
Accourez tous pour la fêter;
Le ciel lui lègue une couronne;
A nous des voix pour la chanter.

www.ingramcontent.com/pod-product-compliance
Ingram Content Group UK Ltd.
Pitfield, Milton Keynes, MK11 3LW, UK
UKHW021549260726
13993UKWH00002B/725